体内飛行

石川美南 歌集

短歌研究社

目次

装画　山下陽子
装幀　花山周子

体内飛行

石川美南

潤と透に

体内飛行

1　メドゥーサ異聞

月面に雑踏ありて擦れ違ふどの人も目を傷めゐる夢

定規当てて見る校正紙　雑談の途切れた変に静かな部屋で

竣工式　市長の笑みは長引いて一呼吸のち、テープ細切れ

金屏風の前に居並ぶ人たちへカメラを向けてゐる楽な役

カウンター席に陣取り好きなだけ唇《くち》を動かしながら読書を

銀紙で折ればいよいよ寂しくて何犬だらう目を持たぬ犬

自意識がわたしを照らす　やむを得ず入つた証明写真機のなか

メドゥーサの心にばかり気が行つてペルセウス座流星群の星見ず

中学生の頃が一番きつかつただらうな伏目がちのメドゥーサ

目を覗けばたちまち石になるといふメドゥーサ、真夜中のおさげ髪

ソルダムの苗木に触れながら歩くどのみち外れたい通学路

誰一人笑はなかつた　蛇の髪梳かさないまま登校しても

始祖鳥の自由研究　ノートからはみだしてゐる翼の図解

遠視性乱視かつ斜視勉強はできて球技がすこぶる苦手

怪物で何が悪いと日盛りに蓮の花托を掲げて立てり

朗らかに答ふ　卒業アルバムの写真撮り直しは要らないと

羽団扇は扱ひにくしわたくしを笑ひ飛ばせば他者まで飛んで

生きることすなはち加害　夕暮れの砂岩礫岩まだ温かい

見入つても石に変はらぬものなれば存分に見る森を入り日を

カンブリアと名付けて住める深い谷　変なら変なほどモテる谷

散りかけの銀杏が窓に浮いてゐるたのしい秋の断面図鑑

わたしならとつくに石になつてゐる　明るく鏡なす人造湖

大型テレビも遠くで見れば小型にて大食ひ選手権真つ盛り

〈柳眼〉の項ひらかれて詩語辞典はガラスケースに鎮もりゐたり

若白髪気にして人は月光を払ひ除けむと手をひらめかす

地下街を「横顔」流れ、恋しさが募らぬうちにパン買つて上へ

眼圧の検査機の奥スライドの気球が浮かぶ　話がしたい

翼ある馬を産みたる悲しみのメドゥーサ、襟に血が付いてゐる

楯越しのあなたを呼ぶよ、大丈夫、目ならきちんとつぶつてあるよ

暗闇に目をひらきあふときのため枕辺に置く秋の眼鏡を

2　分別と多感

掻き壊す手を押し戻す意志なくて真冬わたしにぼろぼろの首

ジャンケンで決まる勝負を勝ちきつて今宵金平糖の総取り

恋人は一笑に付す　真夜中の手に別人の棲む物語

怪しいとすれば左手　不本意に震へて床《ゆか》に水をこぼす手

空き壜を名残惜しげに愛でながらあなたが終へる今日の逢ひ引き

浅い雪　あなたと食事するたびにわたしの胸の感触が変はる

汚すまい　といふ矜持に磨かれてリサイクル施設の長廊下

感情の乱れのごとく手選別ラインを流れゆく〈その他プラ〉

苦しみの声にあらねど壜たちは運ばれながら肩鳴らしあふ

（色恋のことはさておき）壜でないもの取り除く素早いうごき

丁度良く撓んで胸の前にある緊急停止用のロープは

ひとりへの傾斜怖くて暗がりに踏み出すときは手すりに頼る

系統図不気味なるかなテナガザル・ヒヒ・ヒト右手のみ描かれて

キツネザルめいてわたしはすすり泣く人に言葉を尽くし間違ふ

励ましかた雑でごめんと詫びたあと音なく吸つてゐる〈朝バナナ〉

弟はにやにやと出す　手相観てもらつて買はされた紅い石

「一度くらゐは騙されたいよ」オケの指揮終へて座椅子に沈む弟

手相濃き一族なれど才能より努力の皺が心許ない

遠国の地図と思へば親指のつけ根に茜なす旧市街

決めてゐるつもりの夜にふさふさと感情線の枝分かれ見ゆ

逡巡の巡の音《ね》湿り、今週はあなたが風邪を引いて会へない

今年の抱負二月半ばに告げあつてその後《のち》配らるる醬油皿

正夢のやうだと思ふ濡れた手で摑めば濡るる手紙のことを

撫でてゐる画を見ただけで撫でられたやうに動くと　脳内の〈島〉は

子どもの頃覚え、いつしか忘れにき帆船用語・ヒエログリフ・点字

木曜は壜・缶・ペットボトルの日　愛着のない缶から捨てる

燦々と両手を支配してゐたりドラマの中の冬のアイスは

知らぬ間に握つてゐたるレシートを伸ばせば三日前の、切手の

夕暮れの薬缶覗けば大切な暮らしの中にあなたが暮らす

眠りへと落ちゆく間際ひたすらに髪撫でてゐる　これは誰の手

3
胃袋姫

故郷から伸びているいちばん丈夫な糸は、魂につながっている。
いや、つまり、胃につながっているということだ。
ピョートル・ワイリ／アレクサンドル・ゲニス『亡命ロシア料理』

目を細め男は語る　ふるさとの犬の食欲、煮豚の甘み

頼みすぎた魚も鶏も引き受けてあなたの頼もしい咀嚼力

漠然と生きて我らは鮟鱇の不漁を梅が咲いてから知る

パンケーキ焼ける匂ひに破られつ胃袋姫の浅き眠りは

絵巻物の紫式部小さくて霞は横へ横へ伸びたり

はかなき御くだものをも聞こしめし触れず、ただ弱りになむ弱らせたまふめりし。

紫式部『源氏物語』（総角）

空蟬に朝顔、宇治の大君　心惹かるる人みな意固地

弱つてもわたしは食べる　夕暮れの柳葉魚に振つてある粗い塩

食ひ意地に支へられたる日の終はりどら焼きの皮買ひに神田へ

鈍くなる一方だよとぼやきつつ桜に早き桜並木を

「わたしには十分でした」と宿泊者レビューにありて　その宿を取る

鼻垂れ坊主　好き嫌い言うな／酸いも甘いも根こそぎＢＢＱ

Alfred Beach Sandal「Soulfood feat.STUTS」

春が来れば春が嫌ひと言ふ人のギターしゅんしゅんしゅん鳴るソロライブ

気怠げな筍掘りの話題から弦つまびいて、殺し屋の歌

桜散る刹那にも似てうつくしき〈指切断〉のピクトグラムよ

恨むなら名指しで恨んだら良いと七味ペペロンチーノ山盛り

こぽこぽと杖突きながら花柄の祖母が到達するサラダバー

豆の袋に豆の粒みな動かざるゆふべもの食む音かすかにて

小原奈実「鳥の宴」（『穀物』創刊号）

『穀物』同人一人にひとつ担当の穀物ありて廣野《ひろの》翔一はコーン

「燕麦よ」「烏麦よ」と言ひ合つて奈実さん芽生さん小鳥めく

春過ぎてひとり観るのは飯《まま》炊きの場面カットのみじかき芝居

寂しさに臍の周りの冷ゆる夜を「ひもじうない」は子役の台詞

家にも帰れないくらい忙しくて、倉庫で小麦粉の袋の上に寝ていました。「今日はリスドォルの上で寝よう、明日はスーパーカメリアの上で」と、どの粉が寝やすいか身体で覚えちゃいましたね（笑）。

藤森二郎『パンの人　仕事と人生』

身を粉にして働くといふ感覚を摑めぬ疾しさのよもぎパン

心より先に体が太りだし鯖味噌にぎり両手にて食む

刻々と雲は動けり谷間《たにあひ》の棚田見上げて見下ろす午後を

カーブする心に沿つて走るとき藤の房そこにもあそこにも

柏餅の餅含みつつ恋人の故郷の犬に吠えられてゐる

家族といふ光の内に犬はゐてわたしを胡散臭さうに見る

愛を打ち明けるとき、日本人は手のひらを胸にではなく、胃のあたりに当てるという。

ピョートル・ワイリ／アレクサンドル・ゲニス『亡命ロシア料理』

指のサイズ確かめたのち唐辛子マークふたつの肉と野菜を

ゐる方が自然な人よ　胃痛分けあつてやさしき一日にゐる

をととひの生春巻があやしいと手のひらを胃に当てながら言ふ

観たいのはかなしい映画　世界中の夕餉のシーンばかり繋げて

空豆の収穫をしなかつたこと　黄金休暇きらめきて去る

4

北西とウエスト

お客さんほたるを落としましたよと素面の人が拾つてくれる

ほろほろと酔つてわたしは手につつむ灯りなんどもなんどもこぼす

わたしから島の男の手に渡りそのまま去つてゆくほたるかな

四十分前、寿司屋のカウンター

小銭くらゐで花火は上がりませんよと常連のサトコさん言ひたまふ

岩に向かふ波の心で打つのだと太鼓を真似てセキグチさんは

「それならば今から行かう」赤ら顔のセキグチさんがよろけつつ立つ

訳も分からず呼び出されたる青年の車で川へ、螢の界へ

この島でわたしは〈お客さん〉にして振舞はれをり酒を螢を

　　二時間前、商店街の祭りで鬼を見る

信号に照らされながら鬼が打つ太鼓たばしれたばしれと鳴る

屈んでは腰を反らして年若い鬼が太鼓にぶつかってゆく

人間が鬼を見守る高ぶりよ　鋭き二連符で掛け声は

太鼓の下くぐれば人に立ち戻り商店街をのしのし歩く

さらに二時間前、バスの乗客はわたし一人

夕映えを亀のかたちに遮れる岩よおまへを見に来た旅だ

路線バスの柔らかな息　灯台のそばを行くときふーっと吐いて

人口の減少のこと聞きながらバス停〈願《ねがひ》〉〈黒姫〉〈椿〉

十三時間後

本州は影長き島　その島へ渡る途中の波間のトイレ

二十四時間後

人生のくびれ辺りの暗がりで薄明りなす人と落ち合ふ

一ヵ月後

試着室に純白の渦作られてその中心に飛び込めと言ふ

ウエストを締め上げらるる嬉しさに口から螢何匹も吐く

引き波のごときレースを引いて立つ沖へ体を傾けながら

人にしか見えぬ背中の蝶結び（絞れば細る体だらうか）

ドレスから足を抜くとき上体が揺れて鏡に触れさうになる

二ヵ月後

ベランダへ向かふ途中にある段差気にならないと言つてしまつた

腰に手を当ててあなたは部屋に入る風と光の量を評価す

引越しは遅めがいいな　この頃の特技は夢の丘を飛ぶこと

島にゐて島を夢見るさみしさのスティーヴンソン、中島敦

揺すつてはひつくり返し　放心のまま後にする砂時計フェア

本棚に『狂気について』読みかけのまま二冊ある　この人と住む

二人して数へませうね暮れ方の蚊帳に放てば臭ふ螢を

勘違ひだらうか全部　判押して南東向きの部屋を借りる

5　エイリアン、ツー

乗り慣れぬ電車に乗ってエイリアンが真昼降り立つずぶ濡れの星

段ボールの腰から下がびしょびしょで中身を出したそばからつぶす

この街に降りて全ての木曜がプラスチックを捨てる日となる

結婚線危ふきことを人に言はず手相の本を捨てて引越す

命綱と思ひて持つてきた本が本棚五本分と数冊

ちよつとした図書館ですねと見回して引越し業の人たち帰る

何年保証にしときますかと言ひながら父が埋めゆく保証人欄

生活は新しい星新しい重力新しい肺呼吸

借りて住む土地暖かく日に二回知らない神様にお辞儀する

思ひのほか上手に化けてゐるでせう絹ごし豆腐粗く崩して

柔らかなミッションとして人間の肌の一部に触れて寝ること

寝言にもそつと返事をする人よ今宵わたしが吐くのは羽根だ

スプリングコートを秋に着て歩くリーガル・エイリアン気取りつつ

慣れてしまふ予感怖くて皮膚といふ皮膚掻きむしりながら入籍

市役所でもらつた薔薇を数日で枯らして眠たがるわたしたち

運び込んだ本棚の裏、座礁した鯨の絵はがきが留めてある

雲行きに気づかないままへらへらと選びき低反発クッションを

バスタオル干しつつ焦る　人の言ふ「まあ良いけど」は良くない合図

洗面所の床に座つて外側から崩れさうだよ夜のあなたは

閉ぢてゐた皮がめくれて（右）（左）違ふ星から来た目が覗く

この人もエイリアンだと、かはたれの大気に触れて震へるのだと、

仕事なら辞めていいけど若草のわたしはないことにできないよ

自らの意思ではめたる指の輪が手すりを握るときカンと鳴る

大平千賀「利き手に触れる」を読みながら高砂橋の横を通れり

周子さんの右ポケットがだしぬけに〈南へ進んでください〉と喋る

南にはネパール料理店がありあなたと掬ふ温かい豆

末っ子の優しさ　いつかダムで見た野うさぎの行く末を気にして

午前四時のベランダに出て生き生きと星の写真を撮り出す人よ

冷蔵庫といふ領地を分けあつて卵ポケット辺りで二人

こんなにも凸凹な表面に触れ確かめてをり人をわたしを

6

飛ぶ夢

「俺の番って?」ルイスは怪訝な顔をした。

ブルース・チャトウィン『黒ヶ丘の上で』

順番に口をひらいてこの冬の雪の凄さを橋の長さを

「もちろん――翼《つばさ》で飛ぶにきまっているじゃないか。」

背を屈め狐のやうに跳ねてゐるわたしだ雪の夜の写真に

オトフリート＝プロイスラー『クラバート』

しばらくのあいだ、僕は部屋のなかを漂っていたが、やがて身を低くかがめて、開いた窓に近づいていき、絨毯を押し込むようにして外に出ていった。

スティーヴン・ミルハウザー「空飛ぶ絨毯」

薄明の地へ誘《いざな》つてゐるやうな薄いレースのハンカチ届く

びっくりしてブドリが窓へかけよって見ますと、いつか大博士は玩具《おもちゃ》のような小さな飛行船に乗って、じぶんでハンドルをとりながら、もううす青いもやのこめた町の上を、まっすぐに向こうへ飛んでいるのでした。

宮沢賢治「グスコーブドリの伝記」

ハンドルを誰に預けてわたしたち全速力に程遠い旅

物思ふ人の魂は、げにあくがるる物になむありける。

紫式部『源氏物語』（葵）

夢のなかではいつもわたしが病んでゐてそつとまぶたを押さへてもらふ

機関士は相変らず、光の中に浮んで読書していた。ページをめくるとき、彼の顔が荒廃して見えた。

サン＝テグジュペリ「南方郵便機」

月蝕を撮る背中から罅割れて疲れ、いいえ、光の漏れ出づる

雲のなか通過するときいひしらぬこの動揺を秀吉《ひでよし》も知らず

斎藤茂吉『たかはら』

みしみしと蝕む音に振り向けば不安の蔦があなたを覆ふ

イカルス遠き空を墜ちつつ向日葵の蒼蒼として瞠《みひら》くまなこ

塚本邦雄『日本人靈歌』

現実よ　まばたきのたび分岐してその幾つかにあなたが翳る

みすく夫《をつと》を見殺しに。するはいかなる身の因果。アア翅《つばさ》がほしい。羽根がほしい。飛んで行きたい。知らせたい。

近松半二『本朝廿四孝』

如月の闇に紛れて撫でてをりあなたの知らぬあなたの顔を

燕燕は梢から飛び立ち、人々の頭上を回りながら滑空している。ひとしきり冷たい雫が落ちてきた。彼女が流した涙のようだ。

莫言「嫁が飛んだ！」

医師《せんせい》とわたしのあひだボックスのティシュー置かれて、ひとたび借りぬ

そこで、佐助は久し振りの飛行の術で一足飛びに帰ることにした。
織田作之助「猿飛佐助」

（帰るってどこにだらうか）コントでは手首をひねつたら部屋の中

「飛行機で眠るのは難しい。そう思いませんか、お嬢さん？」
小川洋子「飛行機で眠るのは難しい」

贈られたる額縁の中まつしろな空間ありて　束の間眠る

悲鳴を、さあ、レイディー、

マイケル・オンダーチェ『ライオンの皮をまとって』

浴槽に死が広がつてゐたことを口に出せずにたゆたふ父よ

夢・自衛隊の飛行機・ダイビング・銃弾　会いにゆくためなら

「夢のやうにただ、ゐないの」と幾たびも祖母の不在に手をかざす母

平岡直子「光と、ひかりの届く先」

「急激な情動の変化を検出」

宮内悠介「夜間飛行」

祖母の好きな讃美歌流れ、わたしよりなぜかあなたが先に泣き出す

「大丈夫です、ありがとう。ちょっと哀しくなっただけだから」

赤き目の伯父・父・叔母が順番に駄洒落を言ってそののち献花

村上春樹『ノルウェイの森』（上）

「いいえ、その反対よ。こんなに気分がいいのは初めてだわ」

G・ガルシア＝マルケス『百年の孤独』

なんとまあピンクの似合ふ、花柄のドレスの祖母を花で埋めて

「掌どころか、すでに三十万里の遠くに飛行して、柱にしるしを留《とど》めてきたぞ！」

中島敦「悟浄歎異—沙門悟浄の手記—」

祖母ならばフン、と真横を向くだらう祖父の得意げなハモニカ演奏

「それが、ぶっこわれたような飛行機だったの。高度計とかシートベルトのサインとか、何も動かないの。フワリ、フワリと低空を飛んで、見渡す限りの草原で何一つないところに着陸しちゃったのよ」

斎藤由香『猛女とよばれた淑女　祖母・齋藤輝子の生き方』

ロシア語で御座いますとふ注付きで祖母が使つてゐた「スパシーボ」

母はたしかにこう言ったと思う。
「またチョイチョイ来るわよ。」

斎藤茂太『飛行機とともに』

「引き出物」と言ひたる叔母をたしなめて会葬御礼手渡してゆく

小さな機体が背後に傾き、地面から離れた瞬間、トランジットって寂しいものだと佐藤は思う。何度も、何度も、何度も、出発ということをする。

長嶋有『エロマンガ島の三人』

祖母を焼く儀式には出ず粛々と剃られてゐたりうなじの産毛

トベリーノ　トベリーノ　ドンドン

わたりむつこ『はなはなみんみ物語』

爪に灯をともしてもらふ爪の灯を長手袋に隠して歩む

トベリーノ　トベリーノ　ドンドン
トベリーノ　トベリーノ　ドンドン
昨日骨を摑んだだらう母の手が白いベールを整へてゐる

放心した自分の横顔に、富士の反射がちかりと来る

をととひと同じ讃美歌、曇つては晴れゆく視界、はい、誓ひます

前田夕暮『水源地帯』

「だいじょうぶです。あたしは魔女《まじょ》よ。ちゃんとやれるわ」

角野栄子『魔女の宅急便』

参列者に背中を向けて決然とフラワーガール花を散らせり

首を切り取るやゴルゴーンより有翼の馬ペーガソスとゲーリュオーンの父クリューサーオールが飛び出した。

アポロドーロス『ギリシア神話』

親族も友人たちもやさしくてメドゥーサ、今日は寝てていいのよ

風立てて我が家《や》の空を過ぎにけるこのたまゆらよ機は揺れ揺れぬ

北原白秋『夢殿』

生ひ立ちのスライドショーに若き母、若き祖母、若からぬ柴犬

さらば　わが町　僕らのハネムーンフライト

Alfred Beach Sandal「Honeymoon」

遺言のやうだと思ふ　延々とつづく新婦の、わたしのスピーチ

濃淡さまざまの黄色に彩られた地球は、我が吊籃の周囲において徐《おもむ》ろにその円周を縮めつつあった。

稲垣足穂「吊籃《つりかご》に夢む」

我が顔を心配さうに見下ろせる心配な心配なあなたよ

僕たちの飛行機雲も地上から見えるだろう。

トム・マッカーシー『もう一度』

我ら今信頼できない語り手の国の住人　本籍地ここ

7　トリ

三月に入つて、顕著な変化があつた。たとへば嗅覚。

タイヤ跡にタイヤの匂ひ　寄る辺なき体が渡る春の国道

厄介な会議に出向く昼日中へビースモーカーの首匂ひたり

全体的に敏感になつてゐるならまだ良いのだが、ときどき、本物かどうか疑はしい匂ひもある。

ごみピットの匂ひがすると振り向けば苺ひと箱提げてゐる人

肩に鼻に纏はりついてカレー粉の缶ぶちまけたやうな雨降る

空腹になると急激に気分が悪くなり、食べ過ぎてもどんよりと気持ちが悪い。普段、暴飲暴食をしてゐる人ほど、このやうになりやすいらしい。暴飲はしないが、暴食は大いに思ひ当たる節がある。

食ひ意地のかたまりとして草上を転がり草や花を喰らひき

宣託のごとく受け取る〈枕元にクラッカーを〉といふアドバイス

むかつきを収めむとして半身をバナナヨーグルトの雲海へ

ともあれ、連載第七回にして突如、体内に飛来したものを、〈トリ〉と名付けておくことにする。

淡々と人は告げたり「ピコピコとしてゐる、これが心音です」と

心音がここから見えるほぼ全て　まばたきの間に飛び去りさうな

ホセ・ドノソの新刊を読みかけたまま小さなトリを宿して歩く

四月。とにかく難儀したのは、アトピーの悪化だ。

真夜中に掻けばぼろぼろ剝がれゆく桜しべ、否、毛羽立つ頭皮

隣室から「自信がない」と声がする　保湿薬耳の裏に塗るとき

そして、とにかく眠たいこと。

天からの紐ほどければばらばらの背骨　崩れてその場に眠る

五音七音整はぬまま寝そべつて妊娠初期といふ散文期

〈鳥に影〉といふ下五を放棄して十九時からの句会を休む

五月。エコー画像のトリは身体を丸めてゐる。
画面にはしつかり形が映つてゐるし、物の本を読めば体長と体重の目安も書いてある。
けれど、わたしの体内でそれが起きてゐるといふ実感は、まだ薄い。

ぴんとこない暗喩のやうに浮かびゐるエコー画像のできかけの人

「予定日まであと何日」を確かめて山本直樹『レッド』のやうだ

夜間指定で届いた箱にぎつしりと空豆　ちやんと産めるだらうか

十五週を過ぎてつはりが落ち着いてきたわたしは、ここ数ヵ月のメモを読み返し、やうやく短歌の形にまとめ始める。

宣託は日ごと移ろひ初夏《はつなつ》の〈ハイビスカスは控へめにせよ〉

熊手ぢやなく犬手かしら、と母二人はしやいで買つてゐるミニ熊手

ぴんときてはゐないがちやんと産みたいと航海図読むやうに幾度も

六月六日、へそに変化。

見なくてもいいとやんはり断られひとりつくづく見る出べそかな

六月十日、これは胎動？

しゅるしゅるがぽこぽことなりぼすぼすになるまでを息詰めて見守る

目の前をつばめ、燕のよぎる朝　初めて「うちの子」と声に出す

内と外つながつてゆくあやふさのエッシャー、細く柔らかな線

砂浜のトンネルごつこ開通の刹那触れあふ手と手のやうな

六月十三日、十九週目の定期健診。トリはいきなり大きくなつてゐた。

穴ふたつ在り　念のため「顔ですね」と確認すれば「顔です」といふ

顔こする五本のゆびを見つめつつうかうか弾むわたしの声よ

わたしとは違ふ速さに弾みゐる右心房右心室左心房左心室

＊

トリが人に育ちゆく頃新しい燕の家に燕どつと増ゆ

8　予言

霧晴れたやうにわたしの声が言ふ「夢が陸地に戻つて来た」と

胎動の高まりにつれ夢が夢が夢が湧いて夜明けが騒がしいのだ

宿主の夏バテなんぞ物ともせずお腹の人は寝て起きて蹴る

油断しちやならない　太き両腕で体を盗りに来る夏の蔦

「ブロッコリーについては俺も十字架を負つてる」二十二時の晩餐

大抵のことはあなたが知つてゐる傘から少し肩はみ出させ

椅子までの八歩を歩む　立つたまま履けなくなつたパンツを持ちて

つやつやの腹部ちらりと確かめて「ビリケンさんに似てきた」と言ふ

「西瓜さんが西瓜切るよ」と歌ひつつ硬い丸みに刃を当ててをり

予言の書の予言通りに今週は呼吸が浅くなる足が攣る

全開で笑ふ田口《たぐち》綾子よ「予言の書」と呼べば「医学書です！」と正して

校正紙の束べかべかと鳴る昼を赤字にて書き足す〈字《あざ》日影〉

遠い川の遠い花火を見てゐたり見知らぬ子どもたちに囲まれ

子どもたちは不審げに近づいてくる誰の親でもあらぬわたしに

「うちにゐる蟬は全員死んでる」と外階段を下る子の声

「二人目は蛙みたいに青かった」優先席に老女は語る

近況を語ればぱっと手を取って「大丈夫、良い手相ですよ」と

夕刻は夕陽の溜まる玄関に積みっぱなしの歌集百冊

眉なくて愛嬌のある助産師が過たず捕捉する心音

母子手帳から百円玉が出てきたと笑はれながら腹囲を測る

一人一切れ尻に敷いては千切らるる検診台の浅黄のシート

葛湯冷めて固まるやうに少しづつ仕事が遅くなつてもう秋

陸亀のやうに歩めり「横顔」がいつも流れてゐた地下街を

「持たうか」と優しき社長（重たいとつぶやいたのはお腹のことだ）

暗がりに我ら見てをり馬駆けて胎児暴るるドキュメンタリー

ペガサスに化けて右手は気まぐれに波打つ丘の上を闊歩す

ゆつくりと坂下りてもう一度行く遥かな胡桃堂喫茶店

産んだ後も痩せないといふ確信が朝の体にきらきらと来る

目を細め生まれておいで　こちら側は汚くて眩しい世界だよ

薄明に目をひらきあふときのため枕辺に置く秋の眼鏡を

体内飛行　了

1980—2019

１９８０　誕生

廊に響く祖母の万歳三唱をわたしは聞かず眠りゐしのみ

１９８１

おまるに乗れば読んでもらへる絵本ゆゑ出てゐなくても言ふ「うんち」かな

１９８２　曲名を聞くと「わたしはひとり」と答へたらしい

自作の歌ひとり歌つて上機嫌　どこなの、どこなの、わたしはどこなの

1983　弟生まれる

わたしとは弟なのか　遡れる最初の記憶に弟がゐる

1984

色褪せたシャッター、鹿を飼ふ神社、わたしたちの車はあかいミラージュ

1985　幼稚園入園

「みなちゃんの髪に粘土を付けた人！」と探してくれる（実はわたしだ）

1986　つばめ組では「メガネザル」、かもめ組からは「メガネドラッグ」と呼ばれてゐた

この次のあだ名は「メガネ何」だらう　付けてもらひにひばり組まで

1987　小学校の入学式の日のことはよく覚えてゐる

袋の中身すぐに知りたい／帰りたい／剝き出しの木の椅子が冷たい

1988

学期末に製本されて渡された「せんせいあのね」あのね、好きだつた

１９８９

左から日の差してゐる朝の会　普通の死だと先生が言ふ

１９９０　小学四年一学期の保護者面談で

「美南ちゃんだけは女の武器を使はずに戦つてゐて偉いと思ふ」

１９９１　図書館で借りた詩集をノートに写す。初めての歌集は俵万智『風になる』

ミナのナを長く書く癖「汁《しる》」といふあだ名はトコちゃんが考へた

1992　詩のノートには自作の下手な詩も書きつけてゐた

校庭の桜の精はふくふくの赤子と信じ毎日撫でぬ

1993　中学校入学

「気取らなくなるまでは詩を書かない」とエンピツ書きの拙い文字で

1994　きのこの観察は蚊猫先生の影響で始めた

花の頃うつすらと傷つきて聞く元担任・現担任の婚

1995　文化祭で語り部の老婆の役。立候補者が出ず、クラスの投票で私に

幕下るまではらはらと続きにき演技プランにない手の震へ

1996　高校入学。理科部の友人と短歌を作り始める

なぜあれほどぶつかつたのか　自意識をなみなみ容れたビーカー我ら

1997　『短歌朝日』に投稿を始める

岡井隆の顔写真（その下にわたしが上げた小さな花火）

１９９８　うちに犬のたまが来る

喜んで跳ねてみせるは一瞬の、犬と余所見をしながら歩く

１９９９　祖父が家出から帰宅／大学入学／メーリングリスト・ラエティティア参加

張り切つて祖父が家族を連れてゆく森の料亭その木の芽味噌

２０００　大学が移転

砂の降る旧校舎より盗み出すビロード張りのぼろぼろの椅子

2001『punch-man』解散

クリックでひらかるる夏　二つめのリングネームは自分で付ける

2002『pool』創刊、WEBサイト「山羊の木」開設／就職決まらず、短歌以外は全て停滞の年

文化祭に展示してゐた作品は最終日ごつそり盗られたり

2003　書店でアルバイト。とにかくたくさん本を読んだ

ミルハウザー、カズオ・イシグロ、オンダーチェ　虹を端から飲むやうに読む

2004　黒瀬珂瀾兄の結婚式に出席

新郎の法衣はピンク　檀家さんが「いい男ね」とじわじわ騒ぐ

2005　『[sai]』創刊／この年辺りだつたか、五島くんが私の人徳に点数を付けた。
三十点

「人徳はないけど面白い場への嗅覚だけは優れてゐるね」

2006　書店バイトの傍らDTPの学校に通ふ

秋のきのこフェア任されて仕入れたるきのこ雑誌がどんどん売れる

2007　さまよえる歌人の会発足／転職／セクシャル・イーティング

夜ばかり長かつた秋　友だちの食事日記に「米」「水」とあり

2008　『すばる』で連載、日中は寝ぼけながら仕事

王子・王妃・面白いピーマンと配役ありピーマンを任されてゐる夢

2009　一月、有田駅は雪／四月、茅ケ崎で珂瀾兄の黒い法衣に触れる／十月、たま死す

友だちの死と死の間「オンダーチェはいつでも効く」と日記に記す

２０１０　三十歳になる二、三日前

「二十代で為し得たことは何ですか」光森さんに聞かれてキレる

２０１１

計画停電の夜は満月　乳癌の母と体操して暖を取る

２０１２　転職／Alfred Beach Sandal ばかり聴く

「台風はまだか」と二回繰り返す地下一階のライブの終はり

2013　ニューヨークで短歌朗読

同時通訳終はりたるのちハローしか言へぬ赤子のわたしに戻る

2014　『ノーザン・ラッシュ』『エフーディ』創刊／「しなかつた話」を蒐集し始める
／充実の、しかし不安定な年

「一分間おもしろい話をして」と電話する冬　煮詰まつてゐた

2015　シンガポールで短歌朗読

真夜中の樹を見に行かう　この街ではストッキングを誰も履かない

2016　『短歌研究』の作品連載始まる

「会ふたびに薄着になる」と弾む声　五月、はためく蓮を見てゐた

2017　「ちよつと結婚した」と告げると、廣野くんが真顔で「へえ、誰が？」と聞き返してきた

結婚はしさうもないと自分でも　ナマケモノ柄Tシャツで寝て

2018　出産

うちの子の名前が決まるより早く周子さんがうちの子を歌に詠む

2019　子どもの名前は透

トーと声に出せば溢るる灯・湯・濤・陶・問ふ・島・糖等、滔々と

あとがき

「体内飛行」二百四十首と「1980―2019」四十首、計二百八十首を収めた。大部分をなす「体内飛行」は、『短歌研究』誌上において、およそ三ヵ月に一度、三十首ずつ連載されたものである。定期的な発表の場を持たない私にとって、短歌の作品連載は初めての経験だった。

連載の依頼をいただいたとき、次のようなルールを自分に課した。

（1）毎回、身体の一部をテーマにする
（2）初回と最終回は詞書禁止。短歌三十首のみで構成する
（3）連載終了後は改作を行わず、掲載順のまま歌集に収める

さらに、第二回からは、

（4）前回の締切からの三ヵ月間で自分の身に起こったことを、時系列に沿って盛り

込む

というルールも追加した。

実際には予定通り行ったところもあれば、行かなかった部分もあるが、このルールがなければ書き得なかった歌も少なくない。第七回で「体内飛行」というタイトルに思いがけず実人生が追いついたときには、奇妙な問いさえ頭に浮かんだ。もしこの連載の仕事をいただかなかったら、私の人生はこれほど大きく変化していただろうか、と。

最後に付けた「1980—2019」は、『短歌研究』の企画「平成じぶん歌」に合わせて作ったものである。平成元年から三十一年までに自分に起きたことを三十一首で書くというコンセプトで、「体内飛行」の連載が終了した直後に依頼をいただいたため、なんとなく連載の番外編のような気持ちがあった。ただ、自分の歌集に入れるとき、「平成元年から三十一年まで」という枠組みをそのまま持ち込むのはしっくりこなかった。そこで、元の「1989—2019」から九首増やして、タイトルも「1980—2019」と変更した。私史上、最もじぶんじぶんした連作である。

この本が、読んでくださる人にとって面白いものになっているのか、全然わからない。しかし、日常はワンダーだと実感し続けた二年余りを短歌に刻み込めたことは、私自身にとって、大変幸運だったと思っている。

装幀は、『架空線』に引き続き、信頼する花山周子さんにお願いした。カバーには、山下陽子さんの作品を使わせていただいた。山下さんの作品を自分の本に使うなんて恐れ多いと思っていたのだが、「体内飛行」という単語が山下さんの作品世界に少しだけ通じているような気がして、思い切ってお願いした。

作品連載を見守ってくださった短歌研究社の前編集長・堀山和子さん、現編集長・國兼秀二さん、担当の水野佐八香さん、ありがとうございました。

友人たち、そして家族に。いつもありがとう。

二〇二〇年二月九日

石川美南

【初出一覧】

「メドゥーサ異聞」……『短歌研究』二〇一七年一月号　作品連載「体内飛行」第一回
「分別と多感」……『短歌研究』二〇一七年四月号　作品連載「体内飛行」第二回
「胃袋姫」……『短歌研究』二〇一七年七月号　作品連載「体内飛行」第三回
「北西とウエスト」……『短歌研究』二〇一七年十月号　作品連載「体内飛行」第四回
「エイリアン、ツー」……『短歌研究』二〇一八年二月号　作品連載「体内飛行」第五回
「飛ぶ夢」……『短歌研究』二〇一八年五月号　作品連載「体内飛行」第六回
「トリ」……『短歌研究』二〇一八年八月号　作品連載「体内飛行」第七回
「予言」……『短歌研究』二〇一八年十一月号　作品連載「体内飛行」最終回
「１９８０―２０１９」……『短歌研究』二〇一九年一月号、四月号、一部書下ろし

石川美南　Mina Ishikawa

神奈川県横浜市に生まれる。同人誌『pool』および『[sai]』の他、さまよえる歌人の会、エフーディの会、橋目侑季（写真・活版印刷）とのユニット・山羊の木などで休み休み活動中。歌集に『砂の降る教室』『裏島』『離れ島』『架空線』。活版カード型歌集『物語集』『Collection 1』『遠い鳥』など。ここ数年の趣味は「しなかった話」の蒐集。

検印
省略

令和二年三月二十日　第一刷印刷発行
令和四年九月　五　日　第二刷印刷発行

歌集 体内飛行《たいないひこう》

定価　本体二〇〇〇円
（税別）

著　者　石川《いしかわ》美南《みな》

発行者　國兼秀二

発行所　短歌研究社
郵便番号一一二─〇〇一三
東京都文京区音羽一─一七─一四　音羽YKビル
電　話〇三（三九四四）四八二二・四八三三
振　替〇〇一九〇─九─二四三七五番

印刷者　KPSプロダクツ
製本者　牧製本

ISBN 978-4-86272-640-7 C0092 ¥2000E